中国诗人

ZAI·
在
AN·
安
BANG·
邦
HE·
河

王明远
著

北方联合出版传媒（集团）股份有限公司
春风文艺出版社
·沈 阳·

图书在版编目（CIP）数据

在安邦河 / 王明远著. —沈阳：春风文艺出版社，
2018.6（2021.1 重印）
（中国诗人）
ISBN 978 - 7 - 5313 - 5481 - 9

Ⅰ.①在… Ⅱ.①王… Ⅲ.①诗集—中国—当代
Ⅳ.①I227

中国版本图书馆CIP数据核字（2018）第102171号

北方联合出版传媒（集团）股份有限公司
春风文艺出版社出版发行
http://www.chunfengwenyi.com
沈阳市和平区十一纬路25号　邮编：110003
永清县晔盛亚胶印有限公司印刷

责任编辑：刘　维		责任校对：于文慧	
装帧设计：琥珀视觉		幅面尺寸：125mm × 195mm	
印　　张：7		字　　数：130千字	
版　　次：2018年6月第1版		印　　次：2021年1月第2次	
书　　号：ISBN 978-7-5313-5481-9			
定　　价：45.00元			

总　序

中国是诗的国度。千百年来，人们沐浴在诗歌传统中，传诵着一代又一代诗人写就的经典之作。而伴随着现代社会和互联网的发展，信息的传播和接受更加便捷，诗歌的阅读与创作方式也在潜移默化中被改变，在信息量无限扩大的互联网世界，远离喧嚣、静赏诗意显得尤为珍贵。

中国诗歌网正是在这样的背景下应运而生。作为国家重点文化工程，中国诗歌网以建立"诗人家园，诗歌高地"为宗旨，迅速成为目前国内也是世界诗歌类互联网专业出版平台和中国诗坛最具权威性和影响力的文学阵地之一。

互联网时代诗歌创作的便捷激发了一大批诗歌爱好者与诗人的创作热情，他们在公交车上写诗，在工作间隙写诗，他们创作的诗歌作品贴近现实与生活、在追求好诗的道路上不断前进。春风文艺出版社有着久远的诗歌出版史,《朦胧诗选》和《汪国真诗词精选》曾一度畅销。近两年,春风文艺出版社一直致力于打造优质诗歌的品牌。本着推介中国当代诗人的原则,中国诗歌网与春风文艺出版社决定联合推荐出版"中国诗人"诗丛,共同打造"中国诗人"这一诗歌新品牌。该诗丛计划出版百部优秀诗集,在注重诗歌质量的同时,力求结合互联网与传统出版的优势,通过直观的文本呈现向读者介绍一批热爱诗歌、坚持诗歌创作的诗人,以期汇集中国当代诗歌优秀成果,展示当代诗人的创作实绩与创作风貌。

作为国家文化工程的中国诗歌网,推出"中国诗人"诗丛,也是在整个民族复兴的伟大进程中展示中国人崭新的精神风貌。因此,我们在百花齐放的诗坛,特别关注有家国情怀的厚重力作,提倡来自生活的独特发现,鼓励创新探索的艺术精品,推崇高雅纯真的诗情意趣。我们希望这套"中国诗人"丛书是体现诗坛正能量,能够引人向上、向善、向美的诗歌佳作。

我们满怀期待,我们也真诚希望广大诗人和诗歌爱好者关注这套诗丛,与诗同在,我们为此感到自豪和幸福。我们期待更多的诗人加入我们这套丛书,我们也期待这套丛书走进更多读者的心田!

叶延滨

2017 年中秋前夕于北京

目　录
CONTENTS

青春岁月

目　　录
CONTENTS

在安邦河

目 录
CONTENTS

目　　录
CONTENTS

目　　录

CONTENTS

灵感的碎片

目　　录
CONTENTS

目　　录
CONTENTS

自在

目　　录
CONTENTS

青春岁月

依在你的身旁，听你读抒情诗

——To my wife

在这暖黄色的地板上

在绿色的花丛旁的沙发里

依在你的身旁　听你读抒情诗

我仿佛听到了窗外飞雪的声音

她兴奋地挤进了阳台的窗缝里

小心地告诉我春的消息

还有潺潺的泉水在流淌

轻轻地　爽爽地

在这静夜里无尽地流淌

她要把寒冬变成温暖的天池

让人们在天池里度过温馨的四季

在这暖黄色的地板上

在绿色的花丛旁的沙发里

依在你的身旁　听你读叩人心扉的抒情诗

轻轻的声音　很低很低

我几乎听到了你的心跳

忽然我想

门关严了吗

真怕顽皮的儿子进来

好久好久　没有这美美的、美美的心境了

1998年12月于桦川家中

2000年于佳木斯人民广播电台《文苑夜话》栏目朗诵

静　夜

谁说这夜静得没有声音
我明明听见了花瓣
悄悄敞开的心语
——那心语让我耳鸣得翻来覆去

谁说这一切已经静止
我分明看见月光艰难地
撕裂玻璃的缝隙
和我的眼睛窃窃私语

可　这真的是静夜呀
连风儿都屏住了呼吸
唯独　唯独心中的思念
难舍这静夜的美丽
直到梦里还生生不息

1999年秋于横头山镇

你的眼睛

——致 丁

最大的是天
最蓝的是海
最深的　是你的眼睛

恰似一湖秋水
微风过处，你颤动的心
在湖底里闪动
月夜里的清辉
却是你流动的朦胧的波光
——那是你极深的内涵

多想　多想是一株荷花
在湖底里自由地伸展
在月光下，在清风里　与你共伴

1998年10月于哈尔滨
2003年发表于《诗刊》1月下半月刊

小 白 鱼

——再 致 丁

我到下游去看你

你却到上游来看我了

我又急忙赶回上游

可你　又匆匆回到下游去了

小白鱼　也许我们都想给对方一个惊喜

其实　心里的急　也是情里的痴呀

一路风尘

你在江里游得很累

我在岸上走得也很疲惫

为什么没有相遇

都怪你不肯轻易露出水面

也怪我不识水性　错失良机

啊　小白鱼

可我们心里却都感觉很美

尽管谁也没有看着谁

那份彼此的惦念

在心里是永久的回味

仿佛　仿佛是一江湛蓝的秋水

美丽的季节眼看就要被冰雪封存

那内在的激流又怎肯轻易地外露

更何况　更何况是一条漏网的小白鱼

2002年秋于桦川

秋　思

——致　妻

曾经慨叹秋的颜色

是一种热烈

可今天的细雨

把心中的思念　滴落

才知　秋的背后

其实　是一种寂寞

无限的思念

在落叶上镌刻

秋风萧萧

也抹不去叶的纹路

仿佛爱的细语

在诉说

秋的思念　太沉、太多

1991年9月于哈尔滨

想　你

—— 致　GZ

总是
在静默的时候　想你

想你　又不能说给你
也不能说给别人

除了沉默的湖水、寂寞的小草、无影的风
不会再有其他人知道
我想你

想你　因为爱你
总有一天　我会大声喊出来的
可不是面对你——
我害怕你的眼神
万一它是迟疑的、拒绝的
我坚信　我会跌入不测的深渊

我想你　因为爱你

总有一天　我会不顾一切地

大声喊出来的

——面对寂静的山谷

我会有暂时的安慰

2017年秋于七星峰

钻 天 杨

无畏

苍天的高远

一往情深

那份执着的信念

任凭狂风暴雨

永远

把根深植于眷恋的大地

把头高扬于向往的蓝天

1991年9月于哈尔滨红军街

我悄悄地向你走来

我悄悄地向你走来

春天刚刚吐绿的小草

是我的风采

生来稚嫩幼小

可冰雪压不住我的倔强

野火也烧不尽我的可爱

多少个苍白的日子

诉说着心中的无奈

多少个荒芜的心灵

曾把我苦苦地期待

虽然　我高不过树木丛林

可我却有永远都高于大山的气概

听，滚滚的春雷

正为我的到来大声喝彩

尽管我

悄悄地　悄悄地向你走来

可还是给了你那么多的意外

其实　春天就在你的身边

你却总是在不经意间

才感觉到了　她的存在

2017年7月于桦川

挣脱冰封的江河，面对些什么

——2009 年 3 月 26 日观一场春雪后的松花江兼致 L

站在临江的一处窗口

躲开雪后的那束阳光

听窗内花开的声音

仿佛你深邃的目光

在缓缓地释放一种无法掩饰的心情

我们都没有勇气直接面对

彼此的眼睛

像我们都不敢面对雪后的阳光

虽然明媚

可我们都惧怕那刺目的痛

借故谈些花开

我们把目光转向了窗外

一江迎春的雪　在阳光下

正涌动着升腾的气息

——这挣脱冰封的江河　载着一冬的沉寂
就要一路高歌
去直接面对些什么

我相信它会遇到许多曲折
甚至群山的阻隔
但我更相信它最终会收获一路春色

其实
我们真的不必再介意些什么
如果我们走向窗外
迎进那一缕阳光
花　会开得更灿烂些
心和眼睛　会更明亮一些
就像这挣脱冰封的江河　从此
放声高歌
高歌后直接面对那疼痛的喜悦

2009年3月26日于桦川

那一排杨树疯了

一夜之间
那排杨树的额头　黄了
因为什么事儿

又一夜之间
那排杨树的头秃了
身上的绿服不见了
一件零乱的黄褂在风中飘摇

再一夜
那排杨树脱掉了所有的衣服
光秃秃地在风中抽噎

那一排杨树　疯了
不堪秋事的折磨
所有的枝丫搂着树干仰天无泪
任风抽打
脚下脱落的叶片却在原野上飞滚

谁还记得她们青春的模样

只有她们脚下的那片土地

还依旧坚定

2006年10月于江川农场

2011年发表于《青年文学》

你袒露成那片土地，让我抚摸

——致 英 子

那一刻你卸下了所有的装饰

洗去了所有的铅华

露出了你所有的肌肤

躺在了那片大地上

你的记忆牵引着我的目光

开始抚摸你的纹理　寸寸不落

你告诉我

哪里是岁月的划痕

哪里是风雨的侵蚀

哪里是寒冬的深割

你叙述的声音那么平稳

像抚平潮声的月光在我眼前悄然穿越

我听得是惊心动魄

自以为是高山的躯体慢慢地低下了头

那一刻，你真的就是那片大地

高山都要低头叩拜的大地

只为你的坦荡　你的真

2015年9月于桦川

如果我们能做一回发小

——致 姜 玲

如果时光能够倒流
我们能做一回发小　该多好

如果我们能做一回发小
今天我不会唤你　姐

如果我们能做一回发小
我们会一起在森林里寻宝
在古墓群中迷失回家的方向
丢失的惊魂
会把我们的肩膀早早地靠紧

我们会一起在大雨的水泡中
喊着当兵的童谣
北京来的电话香甜了乡村夜晚

我们会一起在冬天的湿地上

看五颜六色的水草在冰层下摇荡

看游动的鱼儿在水草中相互寻找

我会和你一起在旷野上奔跑

沿着河岸追逐牛羊　追逐总爱逃离的夕阳

睡梦中微笑挂上了嘴角

如果和你做一回发小

我祈求金色的阳光永远照耀在平原上

任时光匆匆

我只留取童年　喊你的乳名　任性

2015年7月于桦川横头山葡萄沟

亲爱的，我爱你

——再致妻

我爱你
像白云深深地依恋着蓝天
每一刻分离
那思念的泪水
都会淋湿我心灵的土地

所以
亲爱的　我爱你
就像孤鹤痴痴地守望秋水
真诚地相许
哪怕冰封时节
那信念也不愿随风离去

所以
亲爱的　我爱你
常常想起我们年轻时的日子
虽然清贫

居无定所

可我们如云如鹤

无忧无虑

唯有爱

是你我心中唯一的给予

所以

亲爱的　我爱你

爱我们一起走过的那些风、那些雨

爱你

在我生命的分分秒秒里

2017 年 9 月于三亚

在安邦河

在安邦河

又是五月
又是这青草漫坡的时候
在安邦河旁
在南林西下沿的高坡上
我又一次和弟弟
拿起锹挖坑植树

这树的旁边躺着我的爸爸妈妈
还有我的爷爷奶奶
他们和我们一样
都曾是这村里的农民

他们都已经去了多年了
我们已经无法再联系、沟通
可我相信
这些树会长出我们的心思
也能长出他们的心思

爷爷奶奶去的时候

南林还真的有一片大林子

等爸爸妈妈去的时候

林子已没了多年了

爸爸妈妈去的时候

安邦河的水要漫过二道坝

今天我来栽树的时候

穿鞋走过河床

在西下沿的高坡上

他们的坟头　却从未矮过

像这些树的心思　一直注视着

注视着村里或村外的　一些什么

2005年于桦川南林村安邦河畔

我愿是这片土地上一个睡着的孩子

站在高坡上　向远处眺望

阳光照耀的原野上

金黄色的庄稼静静地等待着收割

蓝色的河水缓缓地伸向远方

岸边游走的牛羊

饮水、寻觅　草色青青

平坦的高速公路上

汽车风一样地驶过村庄、树林

他们

安详地躺在我站着的这座高坡旁

此刻　我正伸展腰身

想和村庄、树林一样

做一个　一个这片土地上睡着的孩子

2017年9月于安邦河

笑声在金黄的大地上奔跑

天空湛蓝

把金黄的大地扯向远方

收割的秋垄地

一道道

堆起了父辈的皱纹、欢笑

笑声在秋风里奔跑

和着隆隆的机器声

在金黄的大地上奔跑、奔跑

蓝天

再一次猫下腰

为这奔跑的笑声祈祷、祈祷

2017 年 10 月于桦川安邦河

在 平 原

——再致姜玲

南边远山　北边江岸
我在平原
看安详的宅院
像您在世的脸

蒿草一茬又一茬
长驱直入的北风　在刮
二十年了
我也已近半百
来此相守还有几年

妈妈
在这儿为妈妈您挡风的
夏季是玉米
冬季是我们的心——

为我们挡一辈子风的

是您　不老的容颜

啊　平原
自信此生可以走遍万水千山
今天才发现　我　竟从未走出您的原点

2015年7月于桦川
2016年6月发表于《诗林》

在平原之安邦河

盛夏的午后
骄阳和宁静散步在平原上

玉米绵绵的叶子
随风无力地倒向了东方
在平原上伸展

在安邦河　在决心桥上
羊群小心地走过
河水在桥下蜿蜒地流向远方
我停在桥上的目光凝视无语的方向

大地无声
她没有一丝察觉
我已经伪装成人的模样五十年
在这里等待前世的真相
其实已心甘情愿——
等你　哪怕唯一的一次出现

河水流远了　　还在流

羊群走远了　　不一定再来

宁静　　依旧在午后

在长满玉米的平原　　肆虐

2015年7月于安邦河

安邦河，和你独处的片刻时光

在拐弯的地方
你坚决地奔向北方
在高高的堤坝上望过去
一片金色的芦苇荡　夕阳

那时我还不懂长河落日的诗句
那时我刚刚学会假装把野菜填满土篮
然后　呆坐在大坝上
看光明与黑暗换岗时的彷徨

那是李二小在安邦河溺水离去的第三个晚上
也是我第一次独自与湿地宁静的夜晚相处

晚风袭来　太阳甩下我早已不知去向
蒿草和野菜在疾风的督促下裹紧我的双脚
那片芦苇整体起伏摇荡
苍鹰在空中张开巨大的翅膀
隐约中　大坝上出现李二小放牛归来的影像

我不知道自己怎样离开那凌乱的河床

至今也想不起十一岁的我怎样穿越了那片芦苇荡

怎样逃离苍鹰盘旋的翅膀

逃离的只是岁月的脚步

没能逃离的是惊恐的神色和那时的哀伤

2015年于桦川安邦河畔

在平原之湿地

日已三竿
当我们撑篙
轻轻地在云里徘徊
睡莲还在浮萍上
静静地合掌
参悟虚无

渐渐地
浮萍的枝茎　支走了浮云
睡莲悄悄地回来
打开禅定的脸

我惊异于
白枕鹤的翅膀
它可以翔于白云之巅
也可以在睡莲间合起来
参悟它的深浅

午后

微风徐徐

衔食一叶青草

咀嚼着湿地的宁静与清香

慢慢地　　慢慢地

喉管里　　我回味童年

2015年7月于桦川安邦河湿地

2016年发表于《东北风》

安 邦 河

安邦河　你是我的女人
你柔软的舌头
在我的躯体里搅来搅去
我的四肢　所有的神经
此刻已缴械投降

安邦河　在狂风中呜咽的女人
在阴暗的天空下奔跑
不顾辽阔大地的追赶　一路狂奔

你不要放弃我
安邦河　我母亲般的女人
我可以放弃所有
唯独不能放弃你
至今不肯回头的泪水
和早已干裂的双唇

给我阳光般的臂膀

我要紧紧搂住你不肯停下的"腰身"

躺下来　躺下来

在旷野上感受夏夜的凉风、星月的光芒

2017年4月于桦川

在安邦河，如果我是你身旁的那片玉米

如果我是你身旁的那片玉米
我会很知足

你蜿蜒流过我身旁的样子
羞怯地从我身边行走的脚步
用臂弯揽我入怀的感觉
我无法用语言述说

每一天我都放心地躺在你的身旁
听你呼吸
我唱拔节的歌给你听
你汩汩的甘露滋润我的歌喉
让我疯长
宁静的午后　我们睡梦中呢喃细语

如果我是你身旁的那片玉米
我岂止为你拔节、抽穗
我甘愿为你割舍

把大地的胸襟袒露给他们看

如果我是你身旁的那片玉米
我不仅因为大地的尊严
不仅因为玉米的成长
还因为你的忠贞
哪怕是一季的相守　我也什么都不会说

只为你的忠贞
你身边的那片玉米地没有任何传说
你为我干涸　我为你枯萎

2015年7月于桦川安邦河

看见那片黄花就想起了你

又见那片黄花
从山脚下漫过原野
漫过草原　　漫过大坝

想起我们在原野上
漫步的时光
泪水沿着大坝默默地流向远方

那是我们和黄花一起耗尽的日子
我们真的挨不过那高高在上的日月
面对他们
不得不低下自己的头

顺着那条大坝行走
那条沉默的河流在沿途看见了多少风景啊
她沉默
那伸向远方的虚空包容了你我多少往事
她还是沉默

那片黄花

一朵挨着一朵

一个轮回挨着一个轮回

看见那片黄花就看见了你

蓝天下明艳的黄

躺在那条厚实的大坝上

透着温暖、透着安详　漫向远方

2017 年 6 月于桦川安邦河

秋水中的灰鹤

深秋

硬朗的风　吹来

南归的涟漪

灰灰的云影

在浅浅的秋水中发呆

如那灰鹤孤独的期待

稻谷熟了　有人收割

思念沉了　心会承载

期待久了　目光会失去光彩

如那秋水中的云影

会慢慢地、慢慢地飘散

可她依旧期待

在秋水中　痴痴地期待

任风肆虐地卷起她的羽毛

把周天搅得灰白

任秋水对寒风发出

一次又一次的无奈

她依旧　苦苦地、苦苦地期待

直到被寒风吹得

和云一起徘徊在　南天外

2017年10月于安邦河

雪原上的故事小屋

——致 宝 发

雪原上
有座茅草屋
每当夜幕降临
笑声就会从温暖的小屋飞出
那是故事爷爷把有趣的童话讲述

伙伴们　瞪大眼睛
不知不觉走出了雪原
走出了小屋

再来一个
我们不顾爷爷的疲劳
总是把故事从他的胡子里揪出来

欢乐伴着伙伴们兴奋的泪花
飞出雪原　飞出沉寂的山谷

雪原深处　那座难忘的故事小屋
童年的欢乐一幕又一幕

如今
没有了爷爷的胡子　没有了茅草屋
只有那片茫茫的雪原
静静地、静静地陪伴着山谷

2017 年冬于南林村安邦河

在安邦河的大坝上

——致杨晓婷

总想

在这长满青草野花的大坝上

再坐一会儿

看河的对岸　那片铺向远处的草甸子

和蓝天上飘浮的白云

总是忘记

狼、狐狸等一些野兽的存在

尽管没有伙伴陪伴

还是想在这平坦宽敞的大坝上

安静地睡上一会儿

我就是想在这草甸子边静静地睡着

清清的草香

一会儿把我托得很远很高

和天上的白云一起飘向北京　飘向拉萨

在镏金的房檐上坐了一阵

又在天黑前回到了这长满青草和野花的大坝上

她们都静静地等着我

伴着天上闪闪的星光

童年的影像

一幕幕在眼前飘过

在眼前流过的是坝下的河流

和草甸子一起伸向了远方

2011年冬于南林村安邦河

得莫利女孩儿

远远地，仿佛山林里的一株白桦

摇曳的身姿

欲把远方的客人留下

微风里，一句问候像一道山泉清澈无瑕

一份份温馨

早已驱散了一天的疲乏

谁能把微笑拒绝

谁又能把鱼香只留在鼻下

一盏盏清茶

让你感觉这里就是咱的家

土炕上围坐　把话匣子拉

听客人讲山外的故事

你嘴上搭茬儿

可眼睛却一眨也不眨

茶余饭后　橘黄灯下

才想起把你的小店仔细观察

不觉脸上火辣辣

原以为你是一只山里的"搂钱耙"

可墙上却把，文明经营户的奖状高高悬挂

表彰会上　鲜花映红了你的笑脸

为希望工程捐款

你眼里噙满了幸福的泪花

面对一幅幅照片　一张张奖状

很久　你才慢慢作答

曾是山里的苦娃娃

如今富了怎能把穷乡亲撇下

俺也不是桦木疙瘩

还悄悄上城里念了电大

只想　只想让得莫利的鱼香

飘出山外　飘满天下

1995年5月于得莫利山泉鱼馆

北国早春

斜阳

悄悄地为远山

抹上一层橘黄

微风衔着炊烟

飘过　稀疏的林间

也飘过　庄稼院里

那一张张盼春的笑脸

风儿

送来春的消息

喜得积雪　在阳光下

流着惬意的泪花

她流出了山野、丛林

也流出了

盼春人的心里话

今年的春天　真早、真好

1992年2月于桦川安邦河

厚土情深

秋　祭

初秋

明月高悬的时候

在这　随意的一处街口

秋风扬起的轻烟

罩着人们　低垂的头

不相信逝者

正在此刻回游

只为了

那片黄纸叠成的思念

在火中寄走

照不尽街口的燃烧

也燃不尽

涨在脸上的泪潮

晶莹中

仿佛　挂着亡灵的微笑

没有秋蝉回鸣

没有悲切声声

只有无尽的思念和一种真诚

留给了寂静的街口

留给了燃烧之后

1991年农历七月十五于桦川

2010年12月发表于《诗刊》上半月刊

妈妈，今年的端午该喝一杯怎样的酒

侄女刚刚祭过您的坟头
后天　恰值这端午时节
她就要大婚了
妈妈　如果您在
我们举家会喝一杯怎样的酒

多少次端午的清晨
我们去青青的麦田
掬一捧麦叶上的甘露回家
喝一杯母爱的佳酿
把敬畏和祝福埋在心里
把一生平安的香囊带给子子孙孙

妈妈　今年的端午
我不知道　我们该喝一杯怎样的酒
我是您不孝的孩子呀
带着这个疑问凭江伫立
临风举杯　把无语的思量

举过头顶　礼敬苍天

让松花江的水带去我——您一个不孝孩儿的忏悔

我没有在您有生之年带您去最想去的北京旅游

我没有把您疼爱的孙子教育好考上理想的大学

弟弟妹妹下岗后我没有尽到照顾好他们的义务

大哥大姐至今还租住在破旧的平房

妈妈　孩儿请求您宽恕我

我明白了　今年的端午

我会和家人一起

喝一杯忏悔的酒、祈福的酒

我还会告诉远方的侄女

告诉她端午是愉悦的

可端午的眼睛是湿润的

2009年6月于桦川

大姐的春天

阳光已开始变暖
积雪还没有褪尽
村边的杨树还在蓝天下等待

此刻，大姐
抱着烧柴的身影
蹒跚着走进了家门

大姐
没有了姐夫的冬天
是否格外寒冷
没有了姐夫的春天
是否还有笑脸

你总是在洗衣服时爱撩起
那一绺散落的头发
不经意的一笑
所有的人都忘记了疲劳

大姐

你长满茧子的双手

还能否烙出好吃的油饼

你心里的小河

还能否孕育没有污染的鱼虾

大姐

幻想有个能住上廉租房的春天

梦想有个攒钱给儿子娶媳妇的春天

只是不想无数个自己浑身病痛的夜晚

和孤独冰冷的家园

大姐

谁把你的故事如此编排

谁把你的命运如此导演

你不曾想过这些　只是常常念叨

村外的那棵杨树　为什么那样孤单

2011年3月于桦川县梨丰乡

又一片桃花开了

——致 大 姐

暖春的晴空下
那片桃林——
早已憋了红红的桃蕾
放心地敞开了胸怀
和太阳拥抱——

我怔怔地看着眼前的这一切
尽管桃林的那一边正冒着祭奠逝者燃烧的轻烟

可我无法拒绝阳光和桃花
那肆意展示的姿态
我忘记了暖春空气的清新
睁眼是桃花　闭眼是桃花
以及　粉红和粉红的重叠——

我知道今年的春天　来得有些晚
我也知道　今年的桃花开得比去年的那片更艳

我还知道　桃花重叠后的背景

是那缕飘得很远很远的轻烟

他和桃花一样　都不会停止自己的脚步

2010年5月于桦川

2016年发表于《诗林》

最后一捆大葱

1996 年 11 月 4 日的清晨
深秋的凉风
吹起您灰白的头发

一句熟悉而又温馨的呼唤
把我从梦中叫醒
明远　从早市上买来的大葱
放在门口了

我懒懒地起床
推开门
一个矮胖的蹒跚的身影
消失在小街的尽头

我不知道这是您一生中
给我买的最后一捆大葱
妈妈　我更不知道
这些大葱竟比以前的都辣呀

从那一天开始

我只能蘸着泪水和思念

慢慢地吃下

2004年10月于桦川

2008年发表于《诗刊》1月上半月刊

又一个冬天来了

又一个冬天来了
爸爸不在了　妈妈也不在了
开春时　大哥离去的身影还会回来吗
一年的工期
我们的心和眼睛可一直挂在窗外呀　大哥

大哥会回来的
像雪花在这个季节回来时一样
哪怕在寂静的漆黑的深夜
也会悄悄地飘在窗外
还有爸爸
还有妈妈
像果实归仓
像牛羊回舍
像如约的雪
把我们挂在窗外的心和那双眼睛
带回家

又一个冬天来了

想说的话

一下子很多很多

2005年12月于桦川

2007年发表于《诗刊》7月上半月刊

妈妈，昨夜我尝到了您乳汁的馨香

寻觅着　寻觅着
仿佛缓缓坠地的羔羊
懵懂地　要寻觅到母乳的馨香
我屏住呼吸　小心地嗅到了
那股气息存在的方向

终于　一只温暖的手掌
在我的肌肤上抚摸
我开始在您柔软的怀里徜徉
双手小心地触摸您的乳房
嘴却贪婪地、猛烈地吸吮着您的乳头
这是我第一次拥有您赐给我的生命的芬芳

我吸吮着　我感到了两腮有些发胀
但我不会停止　因为
那些我从未有过的幸福
终于在这一刻得到品尝
我感到了一股股暖流冲击着我的心窝

是一个婴儿在阳光下的青草地里自由欢乐地滚躺

我吸吮着、吸吮着
突然　您挥起了手掌
不　我不想停止
我相信您也不会让我停止
因为您不止一次地念叨过

我出生的那一年
我们全家被下放到北大荒的一个村庄
我出生的头一天　父亲因病双目失明
我出生的那一天　在那个四处透风的土房子里
您难产后　大病了一场
七岁的姐姐
抱着我去讨奶吃呀
顶着西北风
蹒跚地走在村里那一条条泥泞的路上

不　我绝不停止
用您的乳汁喂养我是您曾经的梦想
我倔强地依旧用力地吸吮着、吸吮着

可是　您的手掌还是重重地落在了我的背上

我没有啼哭

我睁大眼睛　惊讶地想看清您拒绝的脸庞

静静的斗室里　却透进

一丝清晨的光亮

映在我脸上的泪水是彻骨的冰凉

妈妈　我亲爱的妈妈

这是您离开我的第八个年头

也是我有生以来第一次尝到您乳汁的甘甜

可吸吮出的甜蜜里总有一层　不能触摸的哀伤

2006年春于桦川

我想一个人在这里静静地待一会儿

父亲三十岁
一场大雪
您难产生下了我
那一年父亲失明了
在北大荒一个偏僻的村庄

我三十岁
又一场大雪
父亲瘫在炕上
您离开了我
从我的怀里
从松花江边的一个小镇上

一天一夜的雪　不停地下
把我的心和那片天一下子
都下空了

我把浴火后的您和漫天的雪

撒向冰封的大江

满江的冰　满江的雪

妈——

我扑向江面

躺在那儿再也不想起来

大雪飘飘　北大荒

冰封千里　松花江

我不只是想喊爹喊娘

我更想一个人静静地、静静地在这里待一会儿

2017年11月于桦川

那一刻，我给他递去了纸巾

——致两位陌生的老人

1998，戊寅年正月十五
天渐渐暗下来了

围坐在父亲身旁
他和他的孙儿们唠了很久很久
下放
下放后他的双目失明
母亲
母亲去世一年以后
舅舅告诉他这个消息时
他的心情

那一刻
我居然给他递去了纸巾

后来
他从上衣里掏出了一千元钱

你大舅给的

他还有两个未婚的丫头

你替我随了吧

第二天

人间暂别十五

他　早已告别了圆月

2017年10月于上海

教儿子叠被

面对那床薄被
我边叠边对儿子说

先把两侧的边角向里折
折成一个三层的长条儿
再把两端相向叠过来
叠成一个四层的方形
然后　再用两只小臂平行地压平四边的棱角

一定要用心地压呀
这样叠出来的被子才
厚重、平整、方正

儿子　你已长到十六岁了
十六岁的早晨
我才教你怎样叠被子　晚吗

2007 年 7 月于桦川家中

我的月饼

儿时的月饼
是渗着油渍
覆盖红色花纹的土纸
和纸上那条捆绑结实的纸绳

它没有书本里唐诗古韵的唯美
也没有如今华丽的包装
和令人忐忑不安的馅料
它没有三令五申还不停止的脚步
也没有悄无声息的赠送和令人难以拒绝的祈求

它是十五的月亮
挂在宁静的乡村夜晚
月光溶溶
它挂在父亲挥汗如雨的田野上
挂在母亲小心翼翼的灶房里
也挂在我们耐心等待的目光中

茅草屋的炕桌上

它是我们一次次分割的记忆

就那么一点点　至今我还在咀嚼回味的童年

2015年9月于桦川

2015年发表于《佳木斯日报》

那些我想和你一起去的地方

——再 致 妻

如果有可能
我想和你一起去这些地方

去海南　海南的三亚
到那儿看海浪、晒沙滩、抚摸椰林
看海边的落日
慢慢地、慢慢地远去

去一次五台山
不看什么
在那儿坐一坐就行

去一次敦煌
看看壁画　看很早很早就会飞翔的人
看鸣沙山、月牙泉　还有不远处的胡杨
一定选一个好的季节
在没有风的时候　我们静静地走一回

像天上的日出日落　从容不迫

说到这儿

我们都看了看手边的饭碗

相视　无声地相视

慢慢地

你眼角的皱纹洇出了我说过的地方

2017年10月于桦川家中

我的躯体里珍藏着一组画

在北大荒　冬天的早晨
和弟弟妹妹起来的第一件事儿
就是看那块玻璃窗

泼墨山水　工笔花鸟
在这一块玻璃上相得益彰
沙漠驼铃　椰风海韵
浩瀚星空　朗朗乾坤
常在一起交相辉映

她盛开过妹妹喜欢的莲花
还送来过弟弟喜欢的飞马
和我夜里常常梦到的那艘客船

担心日出把霜画带走
我们总是用手指一点点地
一点点地把霜花抠进嘴里
慢慢地　她仿佛母亲的乳汁

融入了我们的血液　滋养着我们的骨骼

夜夜寒风
那看似一阵紧似一阵的风
于我们却是一天一幅不同的画
一天一个天降的神奇、惊喜

这是我多年来收藏在躯体里的一组画
多亏了母亲
在那用草纸糊窗户的岁月里
给我们安了一块透明的玻璃窗

2017年2月于桦川家中

我没有放大那盆秋菊的背景

不用惦记我
语气坚定　声音响亮
随后是花一样的笑脸

一个陈旧的院子
一座老房子
一个年近花甲的女人
又要独自度过这个冬天

就要离开熟悉的老屋
您要我拍照
把这盆菊花拍下来
给他们看看

窗前阳光下的秋菊
正在怒放
她鲜亮的颜色
让我几乎忘记了她身边

那些破旧的桌椅和电器

在梨树村
我拍下了那盆秋菊
那盆经您照顾、开得鲜亮的秋菊
我没有刻意放大她的背景
姐，我按您的吩咐发朋友圈给他们看了

2017年11月于桦川梨丰乡

足　迹

红旗渠和它的源头

从山脚下

仰望红旗渠　仿佛

一条红色的腰带　无声地缠绕在太行山上

听不见她诉说太行的往事

可沿着她流淌的方向　我看见

薄雾笼罩的山坳里

小村庄静静地躺在蜿蜒的河水旁

路两边　水粉色的花儿缀满了山林

花喜鹊散步在山间公路上

和树上的伴侣搭话

成串儿的李子正泛着初秋的红晕

等待着什么

寻着这条腰带串起来的景致

我回望着她的源头

从山西引来的漳河水

在她穿过太行山的那天起

就灌溉着林州的土地　也灌溉着中国

她灌溉着身边的美丽　也灌溉着中国的未来

她的源头　其实是

林州人民的身体里　涌动的血

2010年10月于林州市红旗渠

在泸州，我没有拍长江的照片

看了一眼脚下
又瘦又窄的江面
问晨练的当地人
长江在哪儿
这就是呀，这是长江的上游嘛
又看了看平静的江面
还是没有想拍照的冲动

下午
听鲍国安老师的讲座
才知
杨慎在泸州写下了"滚滚长江东逝水"的诗句
更不想拍泸州的长江了

第二天
游览泸州老窖酒文化景区
才发现
在 1573 酒窖池　在纯阳洞

那气势滚滚的长江水

被静静地、静静地藏出一种香来

这凝结了泸州人心思的长江水

在静静地酝酿、酝酿

她

还会依旧滔滔　依旧滚滚

在人们的血里

2017年11月13日在泸州

普陀山上的香樟树

在普陀山

去普济寺

我没想到会遇见那些高高大大的香樟树

台风、雷电、海浪、岩土

三百年　七百年

她没有日月的雕琢

年轮的威严

舒展枝丫

与蓝天白云互动着　坦然自在

在通往菩提的路上

她

静静地等候着祈求的目光、朝圣的脚步

站在她身旁

我不愿再离开半步

她无拘无束打开臂膀拥抱蓝天的样子

告诉我

她

不仅打开了身心　打开了自己

也打开了向她祈求庇护遮阴的那双眼

2015年11月15日于浙江普陀山

2016年发表于《诗林》

在崇明岛看天、看湖

和朋友看知青林
几十米高的水杉
让我驻足仰望

一片片云层
在树梢上流动、徘徊
从这树的幼年到成年

蓝天、流云、林梢
拍下了
他没有和我一样仰起头
拍出的画面
和我的竟然没有分别

顺着他手指的方向
知青林边有一面湖水
也在静静地凝视着天空

在崇明岛

我不是遇见了知青林

我遇见了像湖一样平一样静的人

面对不可企及的浮云

他肯低下自己的头

2016年元旦于上海崇明岛

2016年发表于《诗林》

在终南山寻找的那些日子（组诗）

1

如果不是为了寻找
我不会一下子就飞到了咸阳机场
如果不是为了解脱
我也不会在夜里十二点就攀上金刚茅棚

站在那块巨大的山岩上
望着旭日初升的山峦
慌乱的心渐渐地变得宁静了

棚院里炊烟缓缓升起
烧水的炉火越来越旺
一把干柴下去
那壶水说开就开了

师父说到家了
我的心一下子稳稳地坐在了那块山岩上

2

独自从狮子茅棚返回山下的时候
师兄们告诉我小心山路

手里竹杖渐渐地不听使唤了
我不敢看下山的路
也不敢回头看上山的路
我闭上眼睛又马上睁开了
空旷的山野里只回荡着我的喘息声

我不想在神仙面前丢脸
更不想在魔鬼面前认输
咣当——
稍一恍惚
一脚踏空
整个人结结实实地坐在了石阶上
臀部的酸痛告诉我
我还是血肉之躯

3

师父嘱我在山里不要轻易说话
也不要高声说话
我问为什么
师父向四周看看低头不语

终南山的山岩上有许多阴暗的斑痕
我想那是多年雨水浸润的痕迹
师父小声告诉我
别乱嚷
好多修行的高手
晚上整个人的身体就贴在山岩上睡着了

我再看山岩的斑痕
果真是高大的人形贴印在那里一动不动

2017年6月于陕西终南山

在 三 亚（组诗）

在 海 滩

——给一对在天涯的少男少女

此刻
我的手指就是一支笔
沙滩是那张白纸

我只画一颗心
左边是我　右边是你

只等
海水涌来、涌来

南　山

遥远时你是一笔青黛
默默降服我的双眸

咫尺时你是一卧菩提

轰鸣我心　无语无声

陶公竹篱黄菊青酒的座上宾

我家门前的笔架山、七星峰

是心谜无解的手掌

是苦苦寻找的家园

泪水清涕一遍遍　无声吞咽

不 老 松

我不敢摸那棵奇树

也不敢拜

我绕过他老人家

和膜拜他的人群

我悄悄地走过

在南山　在不老松前

没有留影　也没有说话

天涯海角

一直想去的地方
做梦都想的地方
拍照留念
给朋友看

面对海浪和一块块石头
我找了很久很久
巨石和题字还在
只是不见天涯　不见海角

想见天涯
想见海角
去海南时
不能乘飞机　不能坐高铁
不能赶旅游旺季
也不要有许多人

天涯和海角
或许还可以在三亚

三　亚

有一天
我会开着车　带着相机
备足干粮、水和蔬果
迎着阳光
环绕你的高速
你的海边椰林
去拍你的风姿

哪怕风雨　哪怕路远
躺在你的沙滩上
享受你的臂弯
听你的呼吸入梦

有一天
我会在沙滩上写下自己的名
哪怕海浪冲远　哪怕巨石压弯
只为你的风、你的韵

2017 年 3 月于海南三亚

在三亚河，我遇见了李玉刚

她是中国

最南边的市内淡水河了

流连她的蜿蜒

漫步她的夜色

我记忆里的那些名河开始一一走远

隐隐地

一句"刚好遇见你"的歌声

不知从哪里飘过水面

我好像一下子发现了她的什么

无论怎样端详

她都是中国面朝南海飘舞的一副水袖

在海蓝色的舞台上舞动着

舞动着三亚

——在三亚河

我遇见了李玉刚

这条不分季节的河流

她飞奔的脚步让我眼花缭乱

一不留神

她就是大海般宽广　狂野呐喊

转瞬间

又如贵妃醉酒般轻轻地吟唱、舞动

直到午夜

暑热和人潮渐渐消散

她的水袖　依旧

从三亚　从南国舞向遥远的海天

2017年6月于海南三亚

在长白山天池（组诗）

——致著名书法家、教育家周抚民老师

池　水

蓝色的是天

蓝色的也是池水

灰白的是天

灰白的还是池水

短短的半个小时

在长白山两千四百米的高度

天气如此告诉我

你的本色

池　壁

刚刚抵达山顶

在远处看见天池的一刹那

脑海里跑出的第一个词：娇艳

红、黄、白、绿、灰

五色山岩围成的池壁

把一颗蓝色的宝石静静地嵌在了底部

我知道天工刚刚从这里走开

或许他们还没有走远

那向上猛烈喷发的灰痕还在

他们真的还在

她娇艳的模样令我窒息

还没看够　可又急着下山

我担心天工会马上回来继续施工

仙　境

被滑竿抬到山顶上的老画家

看到了天池

仿佛山顶上盘旋的山鹰

他不顾山风和冰雪的寒气

看这边也看那边

看了池水也看了池壁

沿途他还看了山上灰白的岩土

撒落在浅草间那一片片淡蓝娇黄的野花

站在池边他一直沉默

我问他　怎样

仙境

那是七月三十一日　一年中最热的一天

如今三个多月过去了

他画中的仙境

我一直在等待　等待那仙境中的每一个细节

那时　我可以用手轻轻地抚摸

2017年8月于吉林长白山天池

听品酒师讲品酒

从藏酒的纯阳洞出来
到大师品酒室聆听大师开示

好酒是需要时间来酝酿的
可刚酿出来的酒是不好喝的
记住：好酒是需要时间来沉淀的
越陈越有回味
呃，好酒和好诗是一样的

我的脸腾地红了
我总是把刚写出来的东西　展示给别人
哎！自己丢人不算
也害了别人许多

我一下子
对纯阳洞里静静打坐多年的那些酒　肃然起敬

2017 年 11 月 20 日于四川泸州

枫叶红了

山崖上

装饰蓝天的那一刻

凝望你的双眼　模糊了

你

红了

绿了春夏的你

经不住阳光的相劝

秋风的耳语

直至寒霜的夜袭

终于　在蓝天的注视下

羞红了自己的心思

枝丫间

依旧微笑无语

默默坚守最后的贞洁

把爱的归宿　悄悄地珍藏在心底

秋风狂舞

不经意间

吻别枝丫　吻别山崖

披一袭娇红　扑向苍茫的大地

2017年9月于双鸭山九峰禅寺

抚远的夏天

一点点泼墨
蓝天变得越来越高远
让你听不到
鸟儿飞翔的私语

一笔笔勾描
原野缤纷绚烂
蝶儿和花香
没有了寻觅的距离

飘散的花香
依恋着森林的暗绿　渐渐幽远
高挑的白桦
摆动少女的裙腰　向远方的客人欢笑

笑声划过了远山
刺破了山脚下那片湖水的宁静
也惊醒了鸟儿恋巢的美梦

鸟儿鼓动着稚嫩的羽翼

向天堂展开了飞翔的梦想

在抚远的夏天

我发现了如此静美的一幅画

只是无论如何我都无法据为己有

人间和天堂的画师都知道

在那幅画落款处的边线上

伫立着一座座任谁都无法撼动的中国印

2017年7月于抚远

七星河湿地（组诗）

白睡莲和野鸭子

蓝色的七星河
散落着洁白的睡莲
像夜空中那些遥远精灵的闪烁
在这里集体降落、停泊

白色的精灵　离岸若远若近
野鸭子穿梭其中——其实只为了水下的鱼儿
我想捕捉这精灵独处的睡姿
或野鸭子偷袭后　她惊慌的模样

电瓶车常常疾驶而过
就是轻易不给取景器和快门儿留下机会——

有时分享一瓣睡莲
还不如野鸭子来得方便、来得洒脱

芦 苇 荡

还来不及准备
芦苇就开始疯狂地涌进我的怀抱

一群白鹭突然从水面飞起
惊扰了我和芦苇的片刻温存

我的目光和白鹭的翅膀
开始一起丈量蓝天的辽阔
也丈量着芦苇荡的苍茫

迎 宾 鸟

光线透明　蒙住了她的眼睛
秋风微微　捂住了她的耳朵

电瓶车在湿地的坝上擦肩而过
游客的惊呼和快门儿的咔嚓声
已刺激不了迎宾鸟的感官

在湿地一排排的木桩上

面对成群的游客

迎宾鸟整齐地凝固成了一座座庄严的雕像

此刻

游人、湿地

也和迎宾鸟一起进入了　禅定

2013年8月于宝清县七星河湿地

大海印象

在一个辽远的地方
我初次拜会了大海
她苍茫的气象
让我感到了一种震撼

我站在岸边的时候
她伏在我的脚下
我倒在海水里
想永远都不再起来了
可她仍然躺在我的身下——

其实　　这就是大海
一直以甘居人下的姿态
征服着天下
也征服着高高在上的天堂

2005年春天于江川农场

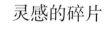

灵感的碎片

和你在一起

天空晴朗

湖水湛蓝的脸庞

把我的心思照得透亮

无法转身

背对那已经表白的目光

低头看湖水里的云

她悠悠地走动、徘徊

在湖水里　更在遥远的天堂

2009年于桦川横头山水库

达子香，在那遥远的山顶上

你是这个季节
开得最成功的花朵
在南方　在那遥远的山顶上
你紫粉色的笑脸　在风中摇曳

我在山下的平原
等待你的目光　等待你的邀请

其实每一条路都可以到达你的脚下
每一辆车都可以载我去你的花园
但拿着你的请柬
在你的目光注视下　那感觉不一样

殷勤的笑脸　献媚的舞姿
花蝴蝶的热吻
使你忘了凋谢的季节

我不想你的笑脸错过我的眼神

我的眼神和别人不一样

达子香，我是你绽放十天以后
你不邀请也想要去看望你的人
达子香
我是你没有紫粉色的笑脸　也从心里默念你的人

在那遥远的山顶上
是谁迎风仰着苍老的容颜
目光依旧

2015年春于桦川

落 日

照着松花江——

这面平展的梳妆镜

太阳的脸渐渐地红了

像娇艳的新娘

和小兴安岭如约亲吻

岸上的人们开始指指点点

太阳仿佛听到了什么　丢下了镜子

把红着的脸　悄悄地、悄悄地躲进了山岭的后面

2006年7月于桦川松花江畔

大哥，你在广西还好吗

——致孟德礼

多少次长谈

你坚定的言语

总把我疑惑的目光拦回

你吸烟的姿态缺少了往常的平实

像飘起的烟圈儿　如幻如梦

你在努力把我从一个泥沼里

拽向一座金山

可我无力和你前行

望着你坚定的背影

多少次呀　广西

我叹息自己没能去成

你的个子够高了

我这辈子无法赶上你

可你还想站在桂林的峰顶上看漓江的风景

不知这些年有多少漓江一样的秋波围着你

谈风情的资本　说资本的风情

广西的山峰总是很美
可就是一下子平地而起　像你的个子
如果你真站在桂林的峰顶上
那张效果图
就是巴黎被降级的埃菲尔铁塔
那古老的风景已解尽无数人间风情

这些年风吹着你了吗
太阳是否知道你在人间个子很高
闲暇的时候你可否想过我

我的想象总超出你的个子
幻想的美景也胜过你待过的广西
因为我稀里糊涂地攀上了六千多米的高峰
跌下了一千六百六十四米后至今无人找寻
大哥，有人救你
你是否会来救我

2008年9月于桦川

是　谁

是谁

在盛夏宁静的中午

拨动轻柔的凉风

抚慰我的睡眠

是谁

独处水边

流动哀怨的目光

牵不住野鹤的飞翔

又是谁

不愿面对观众谢幕

不愿惊动鲜花和掌声

把孤独的心灵放飞

听

轻音婉转

看

徐风丹青

无酒真醉一世

无歌绝唱九霄

2009年8月于桦川

长　线

进来了　就想出次短差

出来后走人

去过天堂般的日子

疯狂　无常

祈求　向诸佛、菩萨

宽限些时间　再买些日子和筹码

我知道他们在笑　也知道佛、菩萨慈悲

我跪拜、合掌

想多捂住一些日子

也想多捂住些筹码

起来后　才发现

刚才手里捂着的　竟是一片虚无

2015年6月于桦川

看解冻的江河奔跑

厚厚的冰排
不停地涌动、撞击
那沿着河床整体顺势奔跑的样子
像我心里孕育很久的灵感的碎片
都在此刻
难以抑制地奔腾

我又一次看到
泊在岸边的船开始扬帆远航
而归航的船
也会在不远的日子驶进我期待的视线

我又一次看到
红蜻蜓轻点江河后
可以无声地飞回岸边
而岸边
渐渐漂白的芦花又会在风中飘散
就像我以前的那些日子

在烟云中挣扎后
又一次跌入河里

我还看到了
人们赤条条地跳进河里洗涤污垢
又纷纷上岸穿戴好后
融入生命的河流
再次染上污垢

我还看到了人们不断地涌向岸边放生
也有人默默地
义无反顾地将自我放生
从此　不再回来

江河解冻了
那奔跑的冰排
有的跑着跑着
就逃离了人们的视线
就像我心里不断奔涌的灵感的碎片
有的难以驯服在笔端
挣脱掉了——

我多么希望

它是江河里漏掉的那些珍稀的大鱼呀

畅游一番后能够再洄游

悠然间

和我的某个碎片来一次重新碰撞

痛快地履行一次心灵的仪式

2009年春于桦川松花江畔

叩问黎明的身影

黎明前的老街
还在昏暗中行走
老翁佝偻的身影
从街道的另一端一点点地移来
像是叩问街道昨晚的秘密
又像是寻找老街丢失的东西

树叶、纸屑、塑料瓶他都不放过
像是一个判官不肯轻易放过别人的罪恶
他手中倒垂的编织袋一点点变得沉重
仿佛古老的街道无法承受的喘息

几个年轻人从早餐店出来
谈笑间把擦拭的纸巾
丢在新一天已经开始的晨风里

望着年轻人远去的背影
老翁轻轻地摇摇头

那佝偻的身影默默地移过去

他手中已经很沉的编织袋
在黎明的光影中像是巨大的惊叹号
随着他慢慢移动佝偻的身影
一起叩问这古老的街道
也叩问着大地的黎明

2015 年 7 月于桦川家中

朵 云 轩

我相信

那时我是一片云

才会从繁华的南京路飘进她的门口

一个如玉的人

在门前飘然而过

在门里

我瞪大眼睛把典雅、高贵、精美与厚重一一检阅

然后

再去门口

寻找那个如玉一样飘然而过的人

与我相视

悠然飘逝的眼神

我明白了

在这里熏染过的人

如玉如云

朵云轩

在繁华喧嚣里静静地捡拾过往的烟云

托付给有缘的那一朵

2017年秋于上海

六一，河岸上的雕像

今天是六月一日
小河在烈日下
无声地、懒散地流淌着

河的岸边　仿佛站着一个少年模样的雕像
一手拿着镰刀　一手提着麻袋
垂落的麻袋旁边
是一堆散乱的刚刚割下的猪食菜

如果没有和猪食菜一样散乱的头发在动
如果没有头发里那双睁大的眼睛在闪动
我以为
他就是烈日下矗立在河边的一尊雕像
一直瞪着不远的对岸

一个封闭的广场上
一群身着节日盛装的少年
面对主席台整齐地站立着

在一阵锣鼓喧天之后

主席台上的人们用大喇叭讲着

他们为孩子们做过的和正在做着的一些事情

那些事儿　经喇叭扩音后

很响地在小河的上方飘荡着

飘得很远、很远

渐渐地

那仿佛少年模样的雕像　闭上了自己的眼睛

像小河一样

无声地淹没在锣鼓和喇叭的叫喊声中

2006年6月于桦川松花江畔

失明的眼睛

　　——致 父 亲

我渴望有一双

失明的眼睛

尽管眼前

一片黑暗

但心里　永远都会有

一份纯净

和可以向往的光明

2017年春于桦川

拾 荒 者

在那片荒原
她
捡起一颗颗滑落的心灵
无人收购

在那条街道
她
拾起一片片丢弃的温情
无人认领

那不是作秀的舞台
几十载相伴风雨
她一直穿着镂空的裙衫
在荒漠上寻找
背负的行囊装满了善良和富足

她没有音乐家的歌喉
在这荒凉的舞台上

却奏响了振聋发聩的音乐

滴血的呐喊声穿透了就要被物欲湮没的大地

她羸弱的身影

在弯腰拾起被碾轧多次的女婴时

一下子在这片荒原上　　挺立

她

依旧在一片荒原上

在一条条陋巷里

拾荒、拾荒　　没计较过白天与黑夜

2017年3月于桦川

云淡风轻

——2015年岁末寄给汪国真

柳芽刚刚吐绿
那阵风已经走远

不敢和你谈山高水长
你的脚步不在乎

不敢和你谈风轻云淡
你的骨骼不在乎

你的身后
人们咀嚼、回味、质疑的东西
轻过三月的风，淡过九月的云

只是，人们至今都无法走出
你的高度　你的脚步

2015年12月25日于桦川

一束蒲草

她们好幸运　寒风中
一片没有收割的玉米秸秆
在她们身旁萧瑟

爬过那条大坝
穿过一片雪野、一片洼塘
阳光下　蒲叶、蒲棒泛着金黄的光泽

带她们回家
就带回了那片原野
也带回了她们的四季

这一回
我不只是想装饰一下自己的背景墙
我还想帮她们躲过来年的春天
躲过这一场轮回

2017年11月于安邦河

诗　人

旷野深处有一座小村庄
村庄前有一片森林

夜晚　森林里有闪烁的光亮
谁都看不到

森林里的光亮不见了
没有谁愿意在夜晚走进那片森林

也没有谁肯在寒冷的河水中沐浴
也没有谁在嘈杂的人流中如入无人之境

只有她
也只有他

2015年12月于上海大学文学院宿舍

春天，我们种梦想也种风景

大雁又一次展开翅膀

牵着春的脚步

从南向北播种春光

种一片海岛吧

让出海的人们离海近些

让归来的人们离家近些

在哈尼族人家

种一片梯田

种出的天光云影

生出人们心里的风景

种吧

跟着春的脚步

听北去的雁声

把高铁种出国门，种向四面八方

种啊

我们种富足种文明

有朋自远方来　不亦乐乎

孔子学院

让白加黑的脸孔生出东方的微笑

种啊种

大雁挥洒的汗水

在蓝天下飞扬

蓝天

对　到太空种一片片阳光

生出来的温暖、和平　笼罩蔚蓝的村庄

2017年4月于桦川

麻 醉 师

抢救室的门关上了

哭声

高低不同

男女不同

长幼不同的伤心开始蔓延

在昏暗的廊道里

只有抢救室的门灯在亮着血红的眼睛

砰——

一个白大褂的身影闪进了抢救室

一个赞许的声音哽咽着

麻醉师

多少年了　人家从不开那个口

2017 年 3 月于哈尔滨某医院

今夜，我好想和你在一起

我渴了

我不记得自己吃下了什么

在初秋的午后

目光开始干涩　喉咙燥热

东板房的沙瓤西瓜

哈尔滨的秋林格瓦斯

所有我知道的可以解渴的尤物

在大脑——退却

没有什么可以代替

你我独自相处的那一刻

静静的小屋

我们沉默的目光穿透了时光的阻隔

解读各自的心跳

那一刻我的喉咙滋润着你倒来的那杯热茶

那杯热茶代替了我们很多心里话

今夜，我好想和你在一起

只是我虽然渴了

却不能再以渴的名义向你讨杯热茶

2017 年 7 月于桦川

山水画（一）

这样的季节

在一张白纸上

渲染出一个春天

便可以让我打开门窗了

又在座椅的背后

放一座山靠靠

引一条流淌的活水

修一条小路

搭一座小桥

在山上的人家里

安放了替我说话的人

不要落日落霞

不要秋山秋景

不要春深春色

不要夕阳西下

我不问在落款处署名的那支笔

只求见

可以偷天换日挪移山水留住岁月的那颗心

2017 年 3 月于桦川

山水画（二）

——致中国农民画家李朝君

日日见山不是山

夜夜听水水无声

屏气凝神入笔墨

任她厨房响叮当

你登上了高山

可知道山后都藏了些什么

你看见了大海

可听见海都说了些什么

他沉默了许久

在山水的首端写了些东西

——问他吧

他指着留白的地方那块红红的印章

是大篆：李朝君

李朝君

我们县南林村的农民

六十八岁了

他

一个不爱说话的人

一个爱画山水画的人

他在画里去过了很多地方

也遇见了很多的人很多的事

只是很少跟别人说

他的别号：一石

他的厨娘——我们同村的一位大姐

一个会同炊具、餐具说话

给画家的骨肉和心灵端汤敬水的人

她的雅号：红袖

他们在我们村我们乡我们县

是拥有山水最多的人

2017年3月于桦川

她像春风一样透明

车水马龙的街道
一扇窗的折射　牵引我的目光

高楼上的一处窗口
张开双臂不停擦拭的身影
偶尔看去像是一个困字
挂在那幢华丽的大厦上

我的目光惴惴地端详着
只顾擦拭窗户的弱小身影
她无数次都在用自己的身体
去努力书写成一个大字

她挥动的臂膀　正拉着春风的手
顷刻间把这世界变得干净透明
我的目光再也不肯离开那扇窗

2005年5月于北京

夜晚的稻田与霓虹

——致 Q

初夏

和夜晚的凉风

在远离霓虹的田埂上散步

稻田里

如浪的蛙鸣

诉说夜的宁静

起起　落落

远远　近近

高高　低低

你不必分清

那唱和的

哪一个是雌　哪一个是雄

嘘——

这就是稻田里　夜晚的风景

风随着蛙鸣的和声起舞

在广袤的稻田上

忘记了归途

飞向了远处那忽红忽绿的霓虹

兜里还揣着

刚刚偷来的稻田里的一片蛙鸣

逾越千年

那声稻田里飞出的蛙鸣

从泛黄的晚风一直飘到霓虹的光影中

2009年8月于桦川

和春在江边絮谈

难得在这温暖的天气相见

在桦川

在松花江边

在今天

春

你还好吗

高处放眼

小兴安岭完达山的脚下

片片原野　点点沙洲

无声的江水蜿蜒地伸向

茫茫深处

看看

身前身后的老人

我们渐渐地学会了沉默

春

我不由得想搂紧你的腰身

一年才有一次的相逢

你我的手

像曾经岸边的柳

拽不住的烟云脚步

都被风筝带走

春　你就任性吧

每次回来

你都只带走盛开的鲜花

看一川逝水

我孤独成鹤的模样

从春到秋　也从乡村到城楼

捡起繁华落尽的寂静

我从下游走到上游

2017年6月于桦川松花江畔

那缕霜花白

渐渐地
天边那朵灰白的云
飘成了一缕淡淡的霜花白

她飘在故乡的小路上
飘在妈妈张望的窗口
年关了
她又从妈妈的额头
飘到了千里之外

那缕淡淡的霜花白
她牵着我儿时的脚步
也牵着我如今四处漂泊的心
仿佛妈妈抓儿的手
紧紧地　抓出了妈妈的心切
也抓出了我心里的泪

只等站在她面前

叫一声　轻轻地叫一声

妈

这一声就是一剂暖心的良药

暖开了天寒地冻

也暖开了她的眼神里多少个无声的询问

一缕霜花白

故乡的白　妈妈的白

那种让我心疼

揣在怀里就放不下的白

2017年春节于桦川

秋　霜

这些日子
满眼都是红
满眼都是成熟的赞美
收获的喜悦

是的，那满眼的红叶
在蓝天下
在秋水旁
在连绵起伏的群山上
夺目
也夺心

我还是想起了他
那为红叶淬火的人

——寒冷的夜晚
他总是那么及时
那么恰到好处地为她的蜕变作法

我不知道红叶曾经是等他

还是躲他——

瑟瑟秋风

谁在为逝去的时光仰天长叹

谁在为漫天的红慷慨赋歌

2017 年秋于七星峰

你一定知道我有多矮

——在七星峰抗联兵工厂遗址

我不知道你有多高
但你一定知道我有多矮

一路上
你漫山遍野的烈火
燃烧着这片土地
也燃烧着我的意志
一声声喘息
一步步前行
都是你赐予我的坚强

当矮矮的我
攀爬上你的峰顶
肆意炫耀
你依旧默不作声　依旧心甘情愿

2015年10月于七星峰

让它在矿道里和煤一起燃烧

那颤抖的
是他端着酒杯的手吗
是他整个的身体吗

当目光扫过他那条空荡荡的裤腿时
他音调不高的言语
如同他胃里燃烧的酒精开始起伏

十八岁下井
如今四十年了

他的手又摸了一下那空荡荡的裤腿
把它扔在矿道里了
和煤一起烧了
让它好好地陪陪我那些弟兄
为弟兄们支起一块地儿
时不时地出来走走
透透气儿

一饮而尽

在胃里燃烧过的酒

一滴滴从他的眼角滚落

滚烫滚烫

2017年8月于黑龙江七台河

探看刘哥之后

那一夜只有月光和我做伴
在送走一个决绝的背影之后

是谁的一声叹息
伴着沉重的泪水
洒向清辉弥漫的大地

从此，不再有睡眠
梦境导演的画面里
你依旧　情意绵绵

无声的影像和流血的心
饱蘸着酒精　一次次地喊着：干！干

2010年1月于汤原

你究竟去哪儿了

在父亲逐渐花白的鬓发里
在母亲眼角堆积的皱纹里
在你不断长高的身躯里

他真的哪儿也没去
他在你自我想象的长短里
他在来来去去的幻灭里
他在根本不存在的白天黑夜里

他没有能够躲藏的地方
他就在不老的青山、悠悠江河里
他在沧海桑田的变幻中
也在长河落日、大漠孤烟的感慨里

其实他真的哪儿都没去
他在我不长不短的生命里
也在你我　是是非非的争论中
他在我们举棋不定、疑惑问询的找寻里

也在智者沉默无语的目光中

他在乡村百姓四季耕作的田野上

也在想让缩水的股票大涨的股民的梦想里

2017年2月于桦川

往 事

——致 Liu

那时
花开在岸上
树在花的身旁
看花看树的目光远远地飘来
悄无声息

细雨和风的日子
花越来越娇艳
树也越来越蓬勃
不负这段时光的还有享尽这份宁静的我

我们都忘记了一再呼唤回家的喊声
忘记了春秋　也忘记了冬夏
忘记了冷暖　也忘记了世事

花的芳名远播
树常被大风小风光顾

我也渐渐失去了那份宁静

现在想想

那时我们都愧对那片天地　愧对那段时光

一梦成真

树轰然倒在河中

孤独的花还在　我离河已越来越远

2017年11月30日于三亚

自　在

在采摘园

我们跟着一位大姐
进入了湿地旁的采摘园

她告诉我和朋友们
怎样采摘蔬果

朋友们开始采摘辣椒、茄子、西红柿
和树上的红苹果

他们也采摘着轻松、宁静
更采摘着　健康和安全

我则张开双臂
面朝蓝天白云　微闭双目
慢慢地、慢慢地
我开始采摘　喧嚣以外、轮回以外

2013年9月于八五二农场采摘园

桥

我经常在这桥上
看两岸的风景

看岸边的树丛、草地
和伸向远方的河流

看天上飞过的大雁
她啾啾的鸣叫声远远地传来
让我不能忘记春去秋来　南北相异

还看长河落日　听雪落无声
还有　还有蓝天白云、渔舟唱晚、月朗星稀

这桥我不知道她从何年建起
她经历了风花雪月
也经历了地老天荒
但我知道　她永远都不会倒下

她以人们的思绪为桥梁

人们用心灵为她打桩

她的材质是宁静

她的左岸叫平　右岸叫安

她的终点　哦，她没有终点

她的左右都通达　一幅幅不老的风景

2014年9月于桦川松花江畔

天哪，只有你才会有如此的魅力

我也是偶然
才发现
在它们的身后加上人间
我就变得不一样
尽管它们的音调一模一样

住世人间
注视人间
注释人间

阅读一遍我感觉自己变大了
悦读一遍我感觉自己飘然了
越读我越觉得自己有了超然的空灵

在它们身后我又变幻了虚空
我发现我不是以前的我
我其实还是我

天哪

我发现

只有你才会有如此的魅力

2017年9月25日于三亚

上善若水

一滴水
折射阳光的一刻
在尘埃中孕育生命的传奇

江河的志向
永不停息
裸奔在大地之上
穷尽源泉
都要和海在一起

一片静海的情怀
融尽风云的悲苦
幻化成蓝天白云的世界
从此
人间真善向你看齐

2011 年 10 月于南京

宁静致远

——为台湾书法家许秀明书"宁静致远"而作

我的心里藏着一幅字

宁静致远

我把它悬挂在自家的陋室

仰首端详

淡泊的情怀　让我怡然自得

我把它书写在乡村田野

放眼望去

草木牛羊　和谐生长

我把它书写在中华大地上

俯首远望

伟大祖国　和平安详

我把它书写在台湾海峡

一湾浅水

连接两岸　血脉相融的一家

我把它书写在世界的每一个角落
蔚蓝的星球
平安地旋转　是人类万物共同的祈求

我把它书写在浩瀚的太空
斗转星移
宁静才是平安致远的大道

我的心　遥远的太空
和人类万物都珍藏着一幅字
宁静致远

2014年清明于桦川

人生的成本

给自己的一生
做了一笔预算
名声和财富的利润
需要欲望这笔昂贵的投资

理想——富有光彩的欲望
可带来令你欣慰
而又令人羡慕的一生

淫欲和贪婪——这透支你生命的恶念
不仅会葬送你一生的经营
也许，还会亏损到来世的人生

这就是一位会计师
对人生的成本
做出的忠实的声明

2012年12月于桦川

这样，我就成了这个院落的主人

——三致姜玲

熄灭马达

轻呼吸

走进山脚下村口的那个院落

垂柳和鲜花在门口午休

栅栏上的一把锁在把君子等候

我不想叩问主人的去向

这里的宁静令我神往

院子里已熟透的一树红杏

一半还在树上　　禅定

一半已从树上　　往生

在栅栏前摆好造型

咔嚓

就这样

我成了这院子的主人

那散落一地的红杏

已不需要主人回来

为她诵经

2015 年 7 月于桦川县横头山镇葡萄沟村

壶　肚

盛满清冽之水
可心之茶
保持
一种适合的温度
敬候　空空的杯盏

壶把儿和壶嘴儿　构成
昂扬的姿态
护卫着壶身　静静地
固守着平衡

从不轻易流出
却随时听从召唤
以可心之水、甘冽之泉
斟满期待的杯盏
滋润干渴的心田

倾空了自我

丰满着他人

依然

悄无声息　大肚如故

2005年秋于江川农场

解 渴

夜　月亮圆的夜
水　月光下的水

月亮
一直诡秘地打量
打量那水的每一层波浪
月光
一直贪婪地抚摸
抚摸那水的每一处沉默

月亮授意月光
把自己的身子潜入水底
月光担心月亮
再用云层惩罚自己
于是，那手臂
便开始变得没有规矩

水慌乱

月亮得意

且放肆地喝水

因为他总是那么渴

月光很辛苦

小心翼翼地

不敢撒手

水面平静后

太阳出来前

他还得把月亮捧回天上去

2003年春于桦川

我要过一回鸡鸭成群的日子

——致张立杰

就在那片原野上
筑一道通透的篱笆
盖两间草房　种一片菜地
东边养鸡　西边养鸭

我要过一回鸡鸭成群的日子
赶一群鸭子下河　云水间穿行
领一帮小鸡上山　喊天喊地喊日月

夕阳西下
灶膛里我撑起了天地
微风吹过　炊烟渐渐横起
隔开了白天与黑夜
也隔开了喧嚣与宁静

哄鸡鸭回家
一声声古老的民谣在乡野间飘散

篱笆墙里　茅草屋内

一铺厚实的大炕上

睡来了黎明　睡来了自然醒

2015年9月于桦川

2016年发表于《上海诗人》

在桦树川

此刻

南山上风电的翅膀渐渐地静止了

我快步走向山脚下

面对那片广阔的稻田

伸出虔诚的手掌　挽留夏日午后的宁静

在一片叫桦树川的田野上

我一下子变得十分富足

湛蓝的天空　淡淡的白云

绿向天边的田野　淳朴厚实的大地

宁静里弥漫着庄严

巨大的宁静在心内自由地荡漾开来

淹没午后阵阵的蛙鸣

也淹没了稻草的清香和夏夜的凉风

我的身心

一下子瘫软了、溶化了

消失了

在这南山脚下

在这片田野　在她的宁静里

2017 年 6 月于桦树川

一棵老树

旷野上
一棵孤独的老树

今天　我朝拜她
无法考证她的年龄
仰视树冠　再俯首她扎根的这片土地
知道了　她一直沉默独处的原因

她已经丈量过蓝天的高远
也丈量过大地的深沉

面对高高在上的骄阳和漂泊的浮云
迎风一笑
只留下
那片无语的清凉

今天开始　关注一棵树
一棵孤独的老树

她没有成群的朋友

从现在起

我是她的粉丝

2009年7月于桦川

心语短歌（组诗）

石

秋风残阳

海岸边

静默无语几年

轻打急拍无数

随便

云

盛夏

郊游的你

忘了带防晒霜

我相约云朵

为你撑起

一片流动的阴凉

2012年5月于桦川

爱些自然的事情

爱那片村落

爱村前的那棵老树　爱树前的那条河流

爱河流的宁静

爱一条小巷

爱巷里撒欢儿的孩童

爱孩童在巷里回荡的笑声

爱笑声传递的那份纯真

——爱些自然的事情

爱青春、阳光、绿柳、花草

爱小鸟、蓝天、河流、歌声

爱着　爱着

那河流的宁静　那小巷的纯真

便会默默地在心田里　浸润你的一生

2004年秋于桦川

我真的无法述说

这些年

我见过很多很多

我可以一一讲述给你

他们有的像江河、湖海

高山、丘陵、树木、花草、牛羊、飞禽、鱼虾

以及风雨、雷电、冰雪、云雾

他们可亲、可敬，更可爱

他们也可恶、可憎、可恨，甚至可怜

但他们都不是真的

只是

那真实的

我可以描述却不敢也无法告诉给你

2017年秋于桦川

推窗，凝望你的容颜

推窗　看街上行走的脚步
都朝着月亮升起的方向

流云携带了星星　闪烁隐隐的光芒
陪伴在月亮的身旁

月亮遥远　在嫦娥才能飞去的地方
月亮很近　就在我推开的窗前

李白的月光常常洒在人们的心上
从少年到白头
苏轼的酒杯不知举了多久
斟满了月影却无法斟尽人情

感谢清风送来了一阵秋凉
感谢夜晚褪去了一天的喧嚣

安享此刻的宁静闲适

心和眼睛也清新明亮

看天下远近不同的人　一起
遥望彼此拥有的古老与崭新
遥寄祈求　依旧相约几载

月呀
你是我名字的一部分
凝望你的容颜
我的阴晴圆缺在你度过的时空里
忽隐忽现

2017年9月于三亚

寻

是山河　是日月
还是夜晚阑珊的灯火
是红颜　是须眉
还是风　独处的思索

山河无声
日月轮回
千百年　天上人间
未知的娑婆

虽然从未相逢
也从未分别
无论是纳凉消暑的昆仑雪山
还是沐浴休闲的三亚海湾
雪山回归大海的脚步
不曾停歇

红尘滚滚

几度变幻　依旧坚定

只期待眼前的那一瞬间

你的笑容

是疲惫中温馨的抚摸　迷茫中自在解脱的歌

2014年6月于桦川

你是我心中的那只小船

不管你知不知道
也不管你看不看见
我都悄悄地、悄悄地停泊在你心灵的港湾

你是我心中的那只船
草原戈壁
你是悠扬的驼铃　伴我日出日落
峡谷漫滩
你载着自己的疲惫　送我一程平安

你是我心中的那只船
不管你知不知道
也不管你看不看见
我都悄悄地、悄悄地停泊在你心灵的港湾

2017 年 7 月于桦川

你 是 谁

你是谁

生生世世的相伴

为什么难见你的容颜

坐在河流的源头

面对你前行的脚步

我千呼万唤　都无法挽留

优雅的姿态

从容不迫地回归大海

燃烧的群山

跳动的火焰

血色浪漫

静静地解读你一年四季的变幻

孤独的草原

茫茫原野

雁去秋来　草青草黄

星移斗转　在心中徘徊

站在海岸边

在高高的山岩上

参悟虚空的内涵

聆听起伏不断的涛声

一年又一年

豁然间

看见彼岸静静的一株红莲

2015年2月于桦川

可人的绿（组诗）

可人的绿

初春　那排刚刚吐绿的柳
悬浮成了一抹淡绿

像一道疏密适度的帘
悄悄地挂在了眼前

既是一道风景
又不遮人的眼——

她给了你可以极目的远方
也给了你可以想象的未来

她

一路上掠过沿途风景的
不是车子

是你的眼睛

凝视远方
看不看风景不在于你的眼睛
在于她

嗬　不知不觉就说到了她
她其实一直没有走远
她也从来没有改变

看到了风景
就看到了你的眼睛
看到了你的眼睛
也就看到了她

2017 年 5 月

在午夜，遇见那束月光

在午夜
你打着寒战敲打我的门窗

窗外一地银白
望着天上皎洁的你
睡意全无

在窗外
在这沉静的村外
是什么让你如此徘徊等待

除却室内的光亮
厚重的帷幔
邀那一束月光进来

就一壶热茶
一起品味你的脚步
在室内

在桌前　在杯里
也在窗外　在村外　遥远的村外

后来我们聊起
当年某人举杯邀请的那一束月光
良久　良久
你说道

其实那就是我
不过我拒绝了
这些年在村外等待徘徊
只为进你的家门

呵呵
你也呵呵
我们还是聊了很多、很多
乃至千年以后

2017年2月于桦川

抵 达

——致李景文老人

如果不是漆黑的夜

我根本看不到你流动的身影

凝视夜空下的江面

凝视江的对岸

隐隐闪现的灯火

那样遥远

他们不会觉察我悄悄到来的目光

这究竟是怎样的缘分

此刻　长途跋涉的你

从我的头上一闪而过

我的目光却不敢和你抵达的光芒对接

消逝的呐喊

那么真切

耳畔回响着抵达后的喜悦

初冬　深夜十点一刻

松花江南岸的一个窗口

你的光芒

照亮的不是江面也不是对岸的灯火

是我的目光穿越夜的黑暗　掠过万籁的宁静

抵达咫尺与遥远

2017年1月29日夜于桦川观江国际小区A栋1单元1502

一样开花的还有那张笑脸

一丝丝发酵的香甜气
天天弥漫在
那间窄窄的小屋

下岗馒头店
纯碱、纯手工
和天天升腾的热气
催开了一朵朵"人情味"的馒头花

——开花馒头
花瓣厚重洁白
天天清晨绽放
温饱了来往的顾客
也温饱了她——
热气里，和馒头一样开花的那张笑脸

2017年春于桦川

一个人，一条河

　　一个人，就是我——这部诗集的作者，在简介里大家了解得差不多了，这里就不谈了。

　　一条河，就是我的母亲河——安邦河。

　　她是一条不知名的小河，位于完达山脉的七星峰和松花江下游的三江平原腹地，只有一百多公里长，从七星峰的山脚下缓缓地流向松花江。可她是一条与众不同的河，不仅因为她的蜿蜒多姿，也不仅仅因为她的宁静清纯，更主要的是她是一条不多见的人工河。

　　童年时的我记忆最深刻的是，家乡经常是一片汪洋，从村里到公社十几里的路还需要摆渡，尽管景色优美，到处是芦苇荡、荷花和野鸭、大雁，可是一到秋冬就感到吃不饱，白面根本看不到，玉米面也很少见。粮食呢？都被从七星峰下来的山洪冲跑了。

一九七五年的冬天，我们村来了一大群人，他们扛着尖镐和铁锹在村子的西下沿开始刨冰、打炮眼，开凿河道。春夏时他们又在泥洼塘里日夜奋战。不仅我们村，从七星峰脚下的集贤县到松花江畔的桦川县，两县青壮劳动力五千多人，参加了这场修河大会战。一直到一九八五年春天，历时近十年，一条结实耐用、美丽清澈的排灌两用人工河——安邦河诞生了！

从那以后，这块土地年年丰收。后来我知道如果没有这条河，就没有松花江下游十几个国营大农场的高产稳产，也就没有北大仓。然而那些修河的人却不见影踪，只有这一个个涵洞、一座座桥梁和清亮的河水在默默地守候这块丰饶的土地。

我知道修过这条河的人里有我的哥哥、姐夫。

我知道有的民工在修这条河时不幸遇难，至今无法找寻他的姓名。

我知道修这条河的十年间，淳朴的民工大军只用过三台推土机。

我还知道在修河工程结束后，工程指挥部财务处向国家返回投资结余款一百多万元。

四十二年过去了，工程指挥部只有副总指挥杨俊田老人还健在，我几次采访他关于修建安邦河的往事，他都沉默……

　　一个人，一条河。

　　一个人，是我也不是我，是和安邦河相关的每一个人。

　　一条河，是安邦河也不是，它是每个人的母亲河。

　　安邦河，是我的父亲、母亲长眠的地方，也是我的心灵流淌过的地方……

　　　　　　　　　　　　　　　王明远

　　　　　　　2017年11月6日写于三亚学府公寓